歌集

ネクタリン

中井スピカ

本阿弥書店

ネクタリン＊目次

I

装画　熊谷奈保子
装幀　小川　邦恵

歌集　ネクタリン

中井スピカ

I

ジェリーフィッシュ

わからない明日を重ねてここにいるマゼンタ強いブーゲンビリア

週末だけ乗りつぐ銀の車窓へとときおり森が差し込まれゆく

水槽のジェリーフィッシュが浮きあがり三日遅れでカレンダーめくる

ストロボが強く光ったあとに来るまっさらな闇。誰か泣いてる

ミント色の小学校の門がまだ私のなかで開きっぱなし

駅を出るスーツケースのおのおのが硬い尾を曳く音響かせる

太陽と重なるように飲み干したジントニックと翼を全部

闇夜と月夜

グリーンとだけ呼ばれてる受付のグリーン三つに水を与える

北浜のビル群滲む川面にはブラックバスの背がひるがえる

めくるたびこっちを見てるぎこちない笑みとも呼べぬ口の角度で

一身上の都合という語が三度ほど出て唐突に職歴終わる

雇わない・雇います・雇う・雇うとき　この世の一部を変える手のひら

どろどろに甘いカフェモカ鈍感になってあの子の時給を決める

退職希望慰留失敗8ポイントぐらいのフォントで隅に小さく

逃げ遅れているとも言える指先が昼は呑気に蕎麦など食べて

なかもずと千里中央往復し海溝のごとき睡眠をとる

好きと嫌い両立できぬぽろぽろと耳から零れだすNowhere Man

もうあいつ辞めさせろという声響く向かいで書類の端を合わせる

むらぎもを氷に沈めているような時間きっと自己都合にされるよ

和睦する闇夜と月夜　それぐらいいいじゃないのと肩を叩かれ

フォルダへとリスト格納し終わってバスク地方へ明日行きたい

点描の桜のなかを歩みゆく胸軋ませて待つ人もなく

人件費浮いた分だけ部長たち優しくなりて小糠雨降る

フラミンゴ

今朝がたに赤道またぐ人もありＵＳＢを深く差し込む

キーワード打ち込む両手ベンチから守備位置へ散る球児みたいに

できるだけ楽をしたいと言う人が隣で Excel ぐずぐず触る

悪びれぬ女は駱駝のまぶた持ち酸っぱい葡萄のガムなどくれる

「前にも言いましたけど」の口癖が浅瀬で方位を失くしたままだ

どれほどに完璧なのか我という器に満ち満ちるガス星雲

休憩をずらしてとれば肥大したプライドもまた湖畔に休む

後輩は丸いほっぺを光らせて産休という木立へ消える

代わりなら幾らでもいて赤々と脚入れかえてゆくフラミンゴ

アレカヤシと名前を知れば受付はいきなり南国めいて明るむ

清濁を併せ呑めってまた言われ胸に伸びくるサボテンの針

負けず嫌いは短所でもありゆらゆらと法円坂を西へと折れる

モッコウバラじゃんじゃん咲けよ人類がなりを潜める卯月の道に

どの顔も全部おまえだ　ピザ食めばアーティチョークが奥から苦い

テラスへと運び去られるシードルの黄金眩しき残りの日々よ

クリスマスもバレンタインも来ないから春の続きをサンダルでゆく

ベイリーズ

はつなつのベーカリーから溢れ出すシナモンロールはみんな右巻き

足早に下着売場のなかをゆく黒のブラなどちょっと触って

陰口を拒めないままテーブルのアクアパッツァが冷めきっている

女子会はつよがりばかりしずもれば飛車角落ちの三日月のぼる

二塁手になるはずだったマスターがシェーカーを振る腕の残像

ベイリーズすっとミルクに溶けてゆく欲しかったものを二つ忘れて

ファッションの方向性のギアチェンジし損ねたまま月面に立つ

Remnants《のこりもの》って複数形だ　クレセント錠をかけゆく指が冷たい

私の靴しかない地球

入道雲空を塞いだ土曜日に誰かが集計するヒットチャート

石膏のピエタみたいに湯に浸かる婚活っていう略語の致死量

アレクサ！あの人をなき者にして！それから素敵な音楽かけて！

玄関にレインブーツを散らかして私の靴しかないこの地球

食生活はジェット気流に乱れゆき四角いままの豆腐を食べる

角形2号ポストの底へ突っ込んでこのまま終われないことばかり

川沿いに住む歳月よ　胸の奥シンメトリーな水は流れて

わかってほしい心騒いでめっちゃくちゃ星をつなげば船団進む

この今を日常と呼ぶ　呼びなさい　荒れた手首でタオルを畳む

子つばめが母鳥を待っている風情まねる乳房を一対持てり

さみしさの残党　我は旗立てて白夜の決起集会へゆく

待ってってば

コンプライアンス侵すメールを誤送信したのち息ができない先輩

五分以内に上司へそのまた上司へと暗い鎖が引きずられゆく

人間にはもう取り消せない高さまで切れたカイトは舞い飛ぶばかり

待ってってば　彼女の声は凍結し二度と開かぬ硬い球根

汽水域せめぎあわせて五時までに決断するしかない謝罪文

他人事という安穏を隠してはＰＣに顔光らせている

始末書へ判を押しても風花が心臓なぶる窓側の席

慰めなんて潰れたケーキ渡すだけ引き延ばされる時間の果てで

一人ずつ喉が渇いた振りをして小銭の音を立てて出てゆく

先輩もOutlookも設定をやり直されて対策が済む

祝祭

バスドラのペダルは凶器に使えます強く強く踏み抜いて快晴

ぶれながら騒ぎすぎゆくヒマワリを動体視力の限界まで見る

もう誰も穿かなくなった7分丈レギンスの魔法　まだ溺れたい

なめされて表紙となったヤギ達が最後に鳴いた夏のくさはら

嫉妬ならとりどり揃えておりましてヘーゼルナッツで甘さも出せます

胸を開いて待つ低気圧どこまでも手に入らないもののぎらぎら

ずぶ濡れのドッペルゲンガー北口へ消えてゆきたり口笛吹いて

アップテンポ究極までを昇りつめ放り出されるまでの、祝祭

太陽の徒党

ラズベリーカラーに爪を塗る夜も合鍵ひとつ余らせている

神様を神社へ運んだ男らが濡れた晒でそうめんを食む

この歳で偶然の出会いあらへんで生姜と葱を散らされながら

宵宮の底方をわたしが五、六人駆ける癖っ毛激しい順に

虫かごで羽化する蝉の柔らかさ見たこと誰にも秘密。誰にも

ガレージの闇に身体を押し込んで鬼の足音去るのを待てり

牢屋から逃げだす我ら太陽に背かぬ徒党を組んでいたっけ

ブルーハワイ苦いばっかりきっぱりと男子と遊ぶのやめた日がある

思春期が飲み込んでくる海峡を全速力でイルカは泳ぐ

枠のない方へ跳ぶのだ炎天にどっと溢れる傘踊りの子

ゆるやかな船渡御続くこの町は離れていても寄せくる水だ

月食が起きる頻度でよいのです　よくやったなって言って撫でてよ

戻れても同じ切り岸ゆくだろう追い風満ちて鳥は毛羽立つ

今は yuugao

季節ごと花の名前を変えているパスワードあり今は yuugao

台風の逸れた朝《あした》にユトリロの巡回展は幕を開けたり

ペアリング選びいる人の後頭部眺めレモネード飲み干しており

日ごと夜ごと無口になってゆく我に眼もくれず尾の長い黒猫

まだ苺タルトの底が切れなくて誰に認めてほしかったのか

天辺へゆけば鳥にも届くだろう時を刻んで鳴るハイハット

教えない。けれど聞かれたこともないスリーサイズと遠い約束

誰の子も可愛くなくて丘をゆく私は欠けた器だろうか

水切りをして首だけで咲いているガーベラそれでもきっと幸福

ピアニストになれないままの人々があまた眠りぬ雨の都心に

絞り切るライムのしずくいつ結婚するつもりってみんな訊くから

ただいまって七年ぐらい言ってない気がした夜の窓をたたんで

全部ダリア

イランイラン部屋に香らせ閉じこもる世界と折り合えない秋の縁

吾の中の湖が今日は深いのだ実家の親はますます老いる

ひらひらと翻る母の言い訳をただ聞く真っ赤な落葉踏みつつ

月光は柔らかく土へ沁み込んで普通のバスもねこバスも来ず

間違った疑問を零さないようにぬるい味噌汁わかめばっかり

胃に肺に土足で踏み込む母がいてそこにマティスの絵などを飾る

不器用に桃を削いでく人だったナイフにのせたまんまで食べて

また一枚手紙を捨てる寒空にスエズ運河を渡る船たち

無意識の嘘をつくこと夕暮れは一人で崖を見下ろしている

いつまでもプリンにカラメル混ぜている母の手首の皺の伸縮

寛容にまたなれなくて飛び出して路地の向こうは全部ダリアだ

むきだしの風

ぐつぐつとカルメラ焼きは膨らんで誰かの笑顔をちぎって食べる

兄弟ができたら嬉しい？母は訊きそれきり鎮まる鍋の浅蜊は

公園のジャングルジムの中で待つ記憶一つを薄暗く持つ

微笑んで迎えにくれば立ち昇る鉄の香りを握りしめたり

何を終えてきたのか白い病院のドア蔦の葉に覆われてゆく

じめじめと青鈍の雲生みながら母のハミング低く響くよ

むきだしの風の殴打を耳に受け無いはずの記憶作り続ける

飛行機雲は夕日へ伸びて妹か弟かだけ知れたらよかった

つなぐ手のなかに生まれる鳥がいて私に見えないものを見てきて

勇敢でまだいたいから振り回す二死満塁のソプラノリコーダー

霧雨が胸を犯して降る午後にいなければいい人を数える

大事なもの増えたら怖い綿菓子が無から生まれて吊るされてゆく

上流も下流もいつか見に行こうソーダアイスで歯を痛くして

なんてカラフル

真昼間は寂しい時刻　海原にトビウオの羽幾つもひかる

歩道橋から見下ろせば誰も誰も虚ろな制服揺らしておりぬ

違うけど頷く方が早いから薄いブラウス擬態している

不浄と引けば月経と出る大辞林　葉陰に深く腕を浸した

老後という言葉が細い棘となりはみ出してくる寒冷前線

私ならあの日のままの場所にいる蛇結茨が閉ざしているが

イチゴジャムブルーベリージャム毎日は二色しかなくなんてカラフル

遺伝子が引き継がれずに消えるとき遥か砂地でウミガメ孵る

私のこと忘れてほしい、思いっきり。母の眺める窓を見ていた

反転する世界次々光らせてブランコどこへもゆけないブランコ

少年と呼ばれてみたい夏の日の膝のかさぶたまためくっては

ときどきは眩しいことも数えよう　調整豆乳ラッパ飲みする

別々の準急に乗っているようにパラレルのまま母さん、またね

ガーネット

秋の花ひとつピアノへ閉じこめてそれからずっと雨の木曜

提案が通らぬ午後は小指からガーネット暗く脈打つばかり

さんざめく白いおばけの子供らが坂をくだって門に消えゆく

強引な多数決あり　寒色の付箋もろとも食むシュレッダー

ワッフルの甘く焼かれる地下街に悔しさをかき集めてしまう

厚着した犬を蹴散らし今わたし腐った顔の見本の顔だ

与えられなかったものを思う眼のボートのような浅い半円

最後の枝にイルミネーション灯るまで眺めてた　くるぶしを冷やして

蝶の寿命は習わなかった

球体のピアスが凍る　改札を出でて大きな橋を渡れば

性愛など知らない顔で客先へ電話している社内の人ら

不機嫌なオフィスから見る綿雲をガゼルを食べるチーターも見る

責任が降り積もるたびヘルシンキの路地で日暮れの影踏みをする

思いやる心は不要　前足で逃げる子ウサギ押さえる上司

どのくらいあれは甘美な罠だった白い椿を拾わず帰る

処女懐胎まだ信じない新入りのツリーが並ぶショーウインドウ

冬の苺がケーキの上に散らばって大人のほうがずっと寂しい

セルリアンブルーのクジラ二十頭ばかりを投函する南口

誰の宇宙もいつかは閉じてその後に零れる肌の記憶、優しく

素裸の胸はカイトの眼のようだ毛布引き寄せ闇夜を眠る

がむしゃらに自分が嫌い五十枚一気につらぬく穴あけパンチ

鶏肉の皮を剝がしたこの指に very Merry Christmas 何度も

ノワールノワール呪縛が解けないこの夜の埠頭で旗を結んでまわる

急速に年老いるような小春日に蝶の寿命は習わなかった

隔てなく舟

冷え冷えと持ち重りして銀色のペーパーナイフでひらくジレンマ

細胞の軋み聞こえているはずの父が治療を激しく拒む

説得を続ける医師の湯呑みから鳥獣戯画の兎まろびつ

酸素ボンベ引いて歩くのが嫌なんて理由で命を縮めていく気？

暮れ残る校庭　父に見せたくて逆上がりして落っこちたこと

雀荘から荒く帰った父の吸う煙草の匂いが今も消えない

ボール球見送るばかり週末は渡り廊下でラファエロと逢う

十二月二十八日未明

死の知らせさえも電子の粒となり鳥の渡りを失速させる

安置室へ向かう車が真夜中のアンダーパスを潜ったままだ

緩慢な復讐として冬空は漆黒の穴を広げてゆくか

「肺が溶けたせいです」母は淡々と呪いのごとき喪主挨拶を

昨日まで灯台守ほど遠かった総止め焼香しくじらず済ます

シナトラのマイウェイ流れ笑顔だけ切り貼りしても父できあがる

ひた、ひたと音を吸いこみ白百合は死者の輪郭埋めて降りつむ

大晦日の火葬場二十の炉が並び燃えれば誰も隔てなく舟

お茶漬けにおかきを割ってのせる癖だけは継ぐから　海老を多めに

逞しきグラファイトその翼持ちカラスが天にとても近い日

須臾にして雪は消え失せ人々は平らな橋の続きを渡る

命あまた入れ代わりつつ新年は時差の数だけクラッカー鳴れ

ひとつずつ欠ける世界に紫木蓮咲く春までをバスに乗りこむ

Ⅱ

海をつなぐ列車

パスポートと財布を背負いキッチンで南の魚のソテーを作る

街灯の一つ一つにペリカンが羽を畳んでやすむ海沿い

ミュージアムの有袋類の剝製はかつて子を入れた袋を冷やす

フロントで鍵とミルクを渡されるアデレードシティーどんつきの部屋

手遅れという語が浮かぶ場違いなスパイス売場の端に座れば

シリアルが百種類ほどある国で引き当てているこんな不味いの

ロッカーの鍵を最後に抜く朝は自由であった崖でもあった

平べったくなってしまった感情の奥をピンクのオウム飛び去る

中庭を覗けば客は入れ代わり同じラム肉焼いて食いおり

日本語を三日喋ってない街に呼びたい名前思いつけない

ネクタリン皮ごと切って薄闇のテーブルで食む移動の朝だ

＊

Imagine の流れるバゲージセンターで合唱始める世界の他人

無名であることの強さよ哀しさよふくらはぎ僅か熱を持ちおり

アデレードから大陸横断鉄道「Indian Pacific」に乗車する。

富める者貧しき者を隔離する車両に青い塗装が焼ける

オートミールバーかじるシートの後ろから髪を引っ張られる種類の差別

残業は遠く動かぬ点となりワライカワセミ視野を横切る

カンガルー見かけるたびにカンガルー！と叫ぶマダムにもらうオレンジ

安いチケットなので寝台はなく、座席だけで二泊する。

星ばかりなだれるごとく内陸の夜、たったひとつの踏切を過ぐ

カルグーリーで列車は一時停車してゴールドラッシュの過去を見にゆく

海をつなぐ列車の軋み聞きながらてんでに見てた地図の西側

オーストラリアは国内にも時差がある。

改札を抜けて時差分巻き戻し西の陽射しへ身体を合わす

*

西の州都、パースへ。

フロントのスパニッシュ系値踏みするような顔してヘローと言いぬ

一週間で先輩となるキッチンでパスタガールと呼ばれ始める

ガスコンロ壊れてるって言い合ったスキンヘッドのスイス人アンドレ

人という人から離れたかったのに甘い TimTam 二人でつつく

何者でもない者ばかり集まって海へゆく午後フリスビー持って

すべての青溶かし込まれた海岸に一人は怖いと気づいてしまう

消息をふっつりこのまま絶てそうだコウモリ埋め尽くしてく夕空

朝が来れば散り散りになるホステルで分けあう一羽のローストチキン

約束は何もせぬままアンドレ・シュミット北へ向かえり片手をあげて

一人になって泣き出している市場からフィッシュ＆チップス揚げてる匂い

無職で無力で途方に暮れているくせにカヤックなんかを漕ぎに出かける

バンクシア赤く溢れて咲く道に折り返す日々指折ってみる

閉ざされる扉の音が鳴りわたり地図に両手を重ねて置いた

やり直せないって誰が決めたのさ　Japanese 以外がいつも言うけど

ゆく道を励ますマゼンタ広がって南緯三十二度の夕焼け

最果てのフリーマントルまなうらが溺れるほどの水を眺める

Ⅲ

春のポリフォニー

花の香をほのかに巻いて南風の駅に降り立つ　花は見えない

半券を取っとく古い約束も消えたり真昼の暗闇へ入《い》る

耳栓を詰めて世界を少しだけ遠くして観る少女の映画

体内が真空のよう心地よく外耳の形に雲は膨らむ

かなたまで来てしまったね夕風は路地から路地へ猫を流れる

爆音の道路工事を迂回して見つけた店でさくらあんぱん

アリーナの陶酔は二度と戻らない代わりにひかりを弾く川面よ

Phobiaって発音かわいらしいから静かな世界を好きになるのだ

音が怖い人も暮らしている街を西へ東へゆく選挙カー

寒気団去りゆく予報　ポトフから昇る蒸気にオレガノを振る

朧夜のメール一通書きあぐね静寂と耳鳴りは近しい

ベリーショートにしようか　耳栓なくたって電車に乗れるようになったし

若き日のヒュー・グラントで止まってた時の境界踏み越えてゆけ

スタバから春は近づき桃色のラテ溢れだす梅田のはずれ

諦めることに強さは含まれてヨガを祈りのポーズで終える

抽斗にイヤフォン眠り込んだまま葉脈透ける空が眩しい

ポリフォニー受けとめきれず草原へ倒れてくすくす笑い続ける

いつの日かミモザだったと懐かしむ午後がきてやがてそれも過ぎゆく

誰の名も覚えていない映画からただ花びらが吹きくるばかり

ジャコメッティ

ハウリング起こすマイクで今日からが春と誰かが言う天満橋

唇の色もそれぞれ違うこと君に言いつつコーラル選ぶ

酔えば、ほら　声出して笑う君がいて桃色風船われに詰め込む

花くじらの店員八回答えおり「ひろうすはがんもどきのことです」

ふたりでもふたりの孤独　たまご二個スジとちくわは一つと頼む

部屋にいるけれど桜は咲いていて夜にざわめく声が聞こえる

懐かない心臓ひとつ鳥籠に閉じ込めたまま向きあう二人

野生など私は持てぬ両腕をジャコメッティの細さに巻けば

触れないと触れたいことがわからずに消去法にて指をからめる

君の声聞くと弱さが出ちゃうからパスタを箸でつつきまわして

帰省する君のつむじを見送って街は一段彩度を落とす

一人でもずっと平気で生きてたやん見分けつかないバス達バイバイ

怖いけど来世はないかもしれなくて椅子の影までことごとく綺麗

見上げてもろくに光らぬ春の星　君にもらった眼鏡をはずす

脚を預ける

古書店の日よけほろほろ畳まれて大川沿いの小雨があがる

トランクス青・青・グレーと連凧に干される窓辺に少し馴染んで

機関車の車輪のごとく腕回しコーヒー豆を君は砕きつ

蚤の市で蒼い花瓶を手に入れた二人は一度も喧嘩をしない

イの音で始まり終わる君の名を呼べば形は笑う口もと

ジョギングで見た朝焼けの色という金平糖をざりざりと嚙む

抱かれても胸の鼓動が変わらないことの疚しさ脚を預ける

地面から生えて清楚で凶暴なユキヤナギからまってゆく夜

一体になってしまうこと恐ろしいフクロウ闇に眼を見ひらけり

植物のような交わり責めもせず新しい日を生きだす君は

カヤジャムをとろりと塗ればさみどりの草原となる食パンを食む

一人でも優雅に飛び石渡りきりすなわち君を傷つけている

無垢なんてどの面さげて望むんだタンポポの種子の低空飛行

それ以上近づかないで赤青のカスタネットをほどいてしまう

話したくなったら話せばいいとだけチョコ舐め終えた口が零した

讃美歌が途切れたような春空にぬいぐるみ達をまとめて捨てる

ゆるやかに頬が離れたその先の海蛇座にも瞳はあって

体温を忘れあってはそれぞれに流れる川の右岸で暮らす

ねじれてく海

早送りしている花の映像が開いて閉じて皺を深める

スプーンをすぐにスプーンとわからない母が自分を置き忘れそう

「桜」「ネコ」もう一つ思い出せなくて今、諦めた淡い横顔

自らの脳を上から覗くごと鞄の中の鍵探しては

血栓はかすみ草っぽく散らばりぬＭＲＩのモノクロ画像

核心に触れゆく医師の真向かいで母は架空の海を見ている

ピスタチオフラペチーノの内側で短く叫ぶ暖かな夜

ＩＨの薄さばかりを繰り返す母に教える湯の沸かし方

諍えば漂流してくぬばたまの、白夜の逆はなんて言うんだ?

ディケンズとライムチューハイなみなみと予定調和に溺れていたい

繰り返すことで前進してるからパドルは水面《みなも》を深く切り裂く

永遠に上手く怒れぬ六月はネックレスさえ外せないのだ

無駄だったと言わないでくれ蜜のような光を浴びて座るベンチに

流れ去る時間の胸に脚をかけカナリア一羽飛ぼうとしてる

優しくとまた言い聞かせ登る坂　振り向けば遠くねじれてく海

散開星団

見失われるため君はスタートを待つランナーの一人となりぬ

この街を銀の背びれで巡りゆく走者はカーブを曲がって橋へ

手の触れる距離まで来たら消えそうだ　奏でるつもりの交響曲が

ペンダントライトが生んだ幾つもの影をつないで我は俯く

一人より二人が怖い遥か遥か南の空に散開星団

枷になるものみな羽を散らしつつ夜道をどこまでもついてくる

なくしたくないんだ君をシグナルはもう点滅で加速する靴

次あがる花火は赤と決めつけてもう一度つなぐ指を探した

境界

黒い鳥ざわざわと胸荒らすのでレモンスカッシュ一息に飲む

iPhoneを手から滑らせ立ちすくむ床は果てなき不浄の場所だ

ビル風は無欲に旗を千切ってくキレイキタナイに費やす時間

触《さわ》れない人を好きだと言えないよ空豆の莢むいては捨てる

スピッツは名前をつけてやると歌う　三十回手を洗っちゃうことにも？

眼に見えぬけれど汚れは沁みてきて泥のごとくに我が境界は

君の使った歯ブラシ穢れたものとなり傾いている　窓には驟雨

Twitter で知ることがありガジュマルが先にあなたと同居するらし

怖くない人だよ、おいで　体内で鍵を外した子に呼びかける

泳ぐように打ち明けていて息継ぎの間を君は静かに待てり

焙煎所の香り溢れて泣きそうだサドル軋ませ越える県境

つなぎあった右手を今朝は溶けるほど洗わず眩しいペットボトルよ

臆病なままでもゆける丘はありアドバルーンが夕陽を回す

スーパーに並び始めるネクタリン　南の海へ通路をひらく

アンクレット切れて広がる夏空にせーので君と住んでみようか

街を出るだろう私を追い抜いてカヌーレースは紅組が勝つ

左岸

捨ててゆく机を一度撫でてから左岸の部屋へ移り住む朝

赦すとは細く開いたドアみたい　そこからふいに鴫が飛び出す

大漁旗はためくように天神橋たもとの店の染め抜きのれん

川はもうよそよそしい顔　越してゆく私に橋を渡らせながら

曇り日の船出は心細いからチーズ蒸しパンほろほろ崩す

空であって窓辺

キッチンにスタッカートが溢れ出し朝の器へ落ちるシリアル

帰る場所なくしたふたり顔を寄せ洗濯機の配置を話し合う

ひっそりと新居の隅で抱き合えば土を破って蔦の伸びくる

触れるほど深く慄く鳥たちは発砲されずに国境を飛ぶ

水筒のアールグレイが心音のごとく揺れいる通勤電車

球場に差しかかるとき右翼手が両手を上げる瞬間だった

子を産まぬ我の子宮が後ろへと傾いていて大事でもなく

もう君がいないと不安　川べりに本読みにゆく背を見送って

あんなにも凌霄花あんなにも炎の色で天に近づく

息苦しい午後の奥底若かった母の裸を思い出しおり

母はもうお金を認識できなくてエッジの効いた自由を暮らす

「仲良くはないです」と言い　違うと気づく　雨は西から追いついてくる

八十回電話をかけてきた後に私を忘れてそれきりがいい

部屋中に耳があるって泣く人の新聞購読とめないでおく

嫌いって言い切れたなら渡りゆくアサギマダラの光の浪費

ペダルから足を浮かせてくだる坂　最後の留守電聞かないまんま

ローズヒップの赤くらぐらと喉《のみど》から母は記憶に置き換わりゆく

お互いのために、いいえ、私のために車窓は母を置き去りにする

生きているけれど会わずに過ごす日々マンダリン色の爪光らせて

眼を細め見送る季節あることのはざまを低くグライダー滑る

展開図少し違えて二人して牛乳パックを真白く開く

【とても満足な人生】に○をして死にたいと言う君と見る鴨

七回がダブルプレーで終わるころ婚姻届の判子が乾く

呼ぶ声に答える声の確かさよ　幸水ひとつするりと剝けば

ああやっと親の戸籍を去ってゆく私に夏の逆光よあれ

家族って作れるんだね両の手を伸ばして君の脇をくすぐる

方舟をときどき想う悲しげな眼だろう乗り込むキリンや犀も

バイバイっていつか言う日が来るまでの君であり空であって窓辺だ

うしなうことこわいこともう手放そういつもの三倍茗荷を刻む

目覚めればそのたび少し老いている陽射しを浴びた一対の鍵

ナックルボール

グースの羽根じゃ防ぎきれない木枯らしが開いたドアから吹きつけてくる

「承知しました」なんて言いあうTeamsのバーチャルの窓。その奥の白

採用の電話をもったいつけてする先輩にどっと積もればた雪

スタッフを原価と言うときぼろぼろと空の奥行き崩れ始める

地下鉄は次のフィクション古くなる自分を棄ててみな帰路につく

スカスカの音のバンドに泣かされて駅前広場を走り去りたり

現場へと嘘をついては引き延ばす弊社が答えを出すまでの時間

自らを罰するように喉元を真っ赤なマフラー締めつけている

対案を出せば青ざめたクレバスが縦横に走るミーティングルーム

まだ序ノ口なのにって眼を向けてくる課長と部長と壁の社訓が

ストレート　ナックルボール　妥協案繰り出す人の腕が鳴る音

歯向かったと受け取られても胸の火へ記憶の旗をありったけくべる

残業のデスクに明かりを足すようなグレープフルーツジュースの湖面

白い航跡

一ヵ月遅れで届くクリスマスカードに南の星座が跳ねる

相部屋の二段ベッドの上にいたハンナは旅の跡地に暮らす

オーケストラのチューニングっぽく夜行バス来るたび増える各国の語彙

ビザの期限あるからひかる今、カモメっ、オニオンリングを攫って飛んだ

そんなにも強く寄せるな遠く遠いシドニー港の白い航跡

三番街通り抜ければお気楽な Love Me Do のハモニカが降る

ストライプの方にしますと店員へ告げて買わないドットのゆくえ

すんすんと埠頭の店で食むシュウマイ（もしあのとき）を丸めて捨てる

想定よりだいぶ少ないエビチリを無言で見つめエビマヨも頼む

空一面へ音記号を描きながら雀が渡る土佐堀通り

奪われる立場のままのわたくしが面接をする春のスタッフ

シスレーの構図によく似た川へ出てできないことは誰かに託す

辞めるにはまだ足りなくて新しいペパーミントのスニーカー履く

知らぬ間に買い物かごに入ってたピーナッツチョコ抱いて帰ろう

冬のキャラバン

飲み干したコップの底から覗く国　君がフレームアウトしてゆく

新しい姓にゆっくり慣れたくて淡い水色のシャチハタを買う

毎日を二人で暮らす靴下を片方取り違えたりしながら

君にかつて愛した人がいたことの海鳴りに耳を澄ませて眠る

ＧＰＳ腕に巻きつけ行ってしまう見知らぬ森で折り返すため

湯気の立つネクタリンティー飲みながら行きたい街の話をしよう

年老いてあなたが私を忘れたら木蓮並木を泣きながら作る

もう一度抱きしめるときこの胸を静かによぎる冬のキャラバン

スコールがやんでオリーブひかりだす記憶。あるいは生まれた朝の

パンプルムース・ムース

海へゆく道の途中に駅があり出勤しない午後の明るさ

シュクメルリ温め終えて一生涯ジョージアへ飛ぶことはないはず

息継ぎもうまくできずにぎくしゃくと四十半ばのバタフライキック

派手でない方のピンクを選ぶとき年相応を決めちゃってさぁ

言ってるうちにきっと還暦パンプキンサラダはもう馬車には帰れない

たてがみを濡らすことなくアスランが次の世界をもたらすだろう

会わなくていいけど想う人がいて冬のミツバチ琥珀へ詰める

昨日とはもう別人の掌へ葉を茂らせるリンデンバウム

素裸で泣く夜もあって輝けるパンプルムースのムースはいかが？
エピグラフでっちあげれば過去たちもひとつに収斂されて眩しい
もう少し生きる獣として我ら甘い日本酒零し合いたり

昼からは晴れそう。くるりが高らかにロックンロールのサビへと向かう

夜道みたい

少年のアンドロイドへ名を告げたページに挟む今日のレシート

近づくと怖い二人が三つずつ蛸のつみれを鍋からすくう

手を振ってそれぞれの部屋で眠る冬　悪夢を見たときだけ寄り添って

御堂筋ゆきかう耳の後ろには鍵穴ほどの瑕疵持つ人ら

幾つもの子宮内膜去らしめて夜道みたいなスタウトを飲む

比べてはまた眼をとじるカモメたち西の空から降り出すだろう

円環は途絶えて静か　波寄せて埋めた乳歯をさらってゆけり

ご近所にもらった花梨を仕舞いおく遥か満月色になるまで

あとがき

沢木耕太郎『深夜特急』の旅とその文章に魅了されたのは学生時代だったが、それからだいぶ時が経ってから、長旅への希求が抑えられなくなった。「旅もしないまま人生を終えるなんて」とにわかに怖くなったのだ。そこで思い切ってオーストラリアへ旅立つと、意外にも私よりずっと年上の人々が、それぞれのスタイルで旅を楽しんでいた。そして私がもう三十歳になると言うと、彼らは「三十だって？　まだまだこれから何だってできるじゃないか」と笑うのだった。

十代の頃から短歌に限らず詩や小説など、細々と文章を書いては、コンテストや新聞の歌壇欄へ投稿した。ときには詩と写真のポストカードを作ってアートマーケットで販売したり、そうした作品を大阪・堀江のギャラリーに展示したりといった活動もおこなっていた。いずれにせよ、言葉を使って表現したいという気持ちは長年ずっと変わらない。「まだまだこれから何だってできるじゃないか」というあのフレーズはいつも胸にある。四十代になってから「もっと短歌と向き合いたい」と、結社へ入ることに決めたのも、この言葉のおかげかもしれない。

いろいろな偶然が重なり「塔」に入ってから、私を取り巻く短歌世界は一気に広がった。歌会に参加し、短歌について語り合う大勢の仲間と出会えた。互いの歌を批評し合い、助詞一つまでとことん話し合うのは、新鮮で心が弾むことだったし、何より自分の歌がより豊かになっていくのを実感した。楽しくて夢中で短歌に取り組むうち、今回、第一歌集を作る運びとなった。

この歌集の制作中に、大阪市立中央図書館へ調べものをしに出掛けた。その帰り道、ふと今歩いている場所が昔、ギャラリー回りをしていた堀江界隈だと気づいた。二月の寒空の下で、二十年前の孤独で頼りない自分が角を折れてこちらに歩いてくるような、時間を摑み損ねたような奇妙な感覚に陥った。あの頃から今まで、様々な色合いの「思いがけないこと」があったけれど、結局すべてはつながっているのだと感じる。書くことを続けてきて本当によかったし、これからも書き続けていきたい。

この歌集が、大陽のもとで育つネクタリンの樹のように枝を伸ばし実をつけて、たくさんの方の手に届くことを願っている。

＊

歌集『ネクタリン』には、これまで作ってきた歌から三九九首を収めました。初めての歌集制作を丁寧にサポートしてくださった本阿弥書店の奥田洋子さん、松島佳奈子さん。短歌からイメージを膨らませてイラストを描いてくださった熊谷奈保子さん。素敵な装幀で本を仕上げてくださった小川邦恵さん。皆さま、誠にありがとうございました。また、東直子さん、山下洋さん、江戸雪さんには、お忙しいなか栞文をお寄せいただきました。大変光栄に思っております。特に江戸さんには歌集を作り始めた段階から相談に乗っていただきました。重ねて御礼申し上げます。
　また、いつもお世話になっている塔短歌会の皆さま、塔の大阪歌会や中之島歌会でご一緒している皆さまをはじめ、短歌を通して出会ったすべての皆さまに、この場を借りて御礼申し上げます。もちろん私をいつも笑わせてくれる友人、家族にも。

中井スピカ

二〇二三年四月

著者略歴

中井スピカ（なかい　すぴか）

1975年大阪府生まれ、同志社大学文学部卒業
塔短歌会所属、短歌冊子「Lily」メンバー
2022年「空であって窓辺」30首で第33回歌壇賞受賞

【note】 https://note.com/nakaispica/

塔21世紀叢書第428篇

歌集 ネクタリン

二〇二三年七月三十一日　初版発行

著　者　中井スピカ
発行者　奥田　洋子
発行所　本《ほん》阿《あ》弥《み》書店
東京都千代田区神田猿楽町二—一—八
三恵ビル　〒一〇一—〇〇六四
電話　〇三(三二九四)七〇六八
印刷・製本　日本ハイコム㈱
定　価　二六四〇円（本体二四〇〇円）⑩

ISBN978-4-7768-1643-0 C0092（3359）